SECRETS, de Luis Royo.
Tercera edición: diciembre 1998.
Edición y producción de NORMA Editorial, S.A.
Passeig de Sant Joan, 22. 08010 Barcelona.
Tel. (93) 232 62 12 - Fax Int. (3493) 231 26 99.
E-mail: norma@norma-ed.es - Internet: http://www.norma-ed.es

Diseño: Luis Royo.
Traducción inglesa: Olinda Cordukes.
ISBN: 84-7904-350-4.
Depósito legal: B-28583-98.
Printed in Spain.

LUIS ROYO

Secrets

NORMA Editorial

PRÓLOGO

En la tierra de la fantasía, a menudo encontramos gigantes - aquellos con músculos y fuerza, astucia y magia. Los poderosos resultan victoriosos y los débiles son vencidos. Así también, en el mundo del arte fantástico. Los gigantes llegan, delimitan su terreno y dominan en un mundo lleno de retos. Perduran aquellos que tienen fuerza y armas especiales. Luis Royo es uno de esos gigantes perdurables.

El puro talento artístico que Royo posee es obvio desde el instante en que uno ve su obra. A primera vista, vemos las marcas distintivas de Royo: un humano magnífico, hombre o mujer, en un marco fantástico. Los cuerpos suelen estar matizados hasta la perfección, con un arma o sin ella, en una clara postura para la acción. Los rostros de los seres de Royo están creados con tal maestría como para calificar a sus personajes de "bellezas mundiales". Nadie puede poner en tela de juicio la habilidad de Royo para pintar.

Observa con detenimiento una ilustración de Royo y siente como empieza la magia. Los ojos de los personajes actúan como imanes haciéndonos entrar en su mundo. A menudo hipnotizados por el poder de una mirada, quizás somos llevados a un mundo adonde, aunque reacios, debemos ir.

Aquí es donde entra el genio de Royo. En la superficie, vemos a los sujetos frente a nosotros, pero siempre está esa sensación de que aún quedan por aprender muchos secretos nunca dichos. Vemos esto en los ojos - intensos, premonitorios, letales. Absorbidos por la belleza de los personajes, nos acercamos, pero, una vez dentro de su tela de araña, el instinto nos avisa de que tengamos cuidado.

Royo nos da pistas acerca del mundo hacia el que somos atraídos. Los trajes y los fondos nos conectan con tiempos y lugares. Lo que no nos responde es nuestra pregunta acerca del viaje que el personaje ha hecho o está a punto de hacer. Ésta es la tarea que Royo nos ha puesto artísticamente a cada uno de nosotros. Y es cierto, cada uno de nosotros tendrá una percepción distinta. Así, cada uno crea su propia fantasía, construye su propio argumento, desarrolla su propia historia. En efecto, Royo nos ha atraído sutilmente a una colaboración de creatividad con él.

Mientras ojeamos SECRETS y nos sorprende la calidad y la belleza de su obra, vemos como Royo, un gigante artístico, deja los secretos ahí fuera para que los descubramos.

Hank Rose
Comic Images

FOREWORD

In the land of fantasy, we often find giants - those of muscle and might, cunning and sorcery. The powerful are victorious, while the weak are vanquished. So, too, in the world of fantasy art. The giants come, stake out their turf, and dominate in a world replete with challenges. Those who endure are those with special weapons and strength. Luis Royo is an enduring giant.

The sheer artistic talent that Royo possesses is obvious from the instant one sees his work. At first glance, we see the customary Royo trademarks; a stunning human, male or female, in a fantastic setting. The bodies, usually toned to perfection, holding a weapon or not, clearly are poised for action. The faces of Royo subjects are so masterfully rendered as to label his characters "world-class beauties". No one can challenge Royo's ability to paint.

Spend a moment with a Royo piece, though, and feel the magic begin. The characters' eyes act as magnets, luring us into its world. Often mesmerized by the power of a stare, we are perhaps brought into a world to which, reluctantly, we must go.

Here is where the Royo genius kicks in. On the surface, we see the subjects before us, but there is always the sense that many untold secrets are yet to be learned. We see this in the eyes - intense, foreboding, lethal. Sucked in by the beauty of the characters, we come closer, but, once we have entered their web, instinct warns us to be careful.

Royo gives us clues to the world into which we are drawn. The costumes and backgrounds link us with times and places. What he does not answer for us is our question as to the journey the character has made, or is about to make. This is the task Royo has artistically set for each of us. And, certainly, each of us will have a different perception. Thus, we each create our own fantasy, ,build our own plot, develop our own story. In effect, Royo has subtly drawn us, the viewers, into a partnership of creativity with him.

As we look through SECRETS and are amazed by the quality and beauty of his work, we notice how Royo, an artistic giant, leaves the secrets out there for us to discover.

Hank Rose
Comic Images

■ LA TABLA ESMERALDA
(33 x 53 cm.)
1995

He querido jugar contigo a abrir mi caja de SECRETS. Sin que las palabras Imaginación, Creatividad, Inspiración y demás ostentosas sonoridades tengan nada que ver.
SECRETS tuyos y míos. Igual que alquimistas frente al breviario de Hermes Trismegisto, La Tabla Esmeralda dice: "lo que está abajo es como lo que está arriba, lo que está arriba es como lo que está abajo, a fin de que se cumpla el milagro de la unidad".

■ THE EMERALD TABLE
(33 x 53 cm.)
1995

I have wished to play with you while opening my box of SECRETS. Having words like Imagination, Creativity, Inspiration and other ostentatious sonorities have nothing to do with it.
SECRETS, yours and mine. Just like the alchemists facing Hermes Trismegisto's breviary, The Emerald Table says: "what is underneath is like what is above, what is above is like what is underneath, so that the miracle of unity is achieved".

■ TENTACIÓN SESGADA
(28 x 43 cm.)
1995

Poco a poco, al igual que las muñecas rusas, cajita a cajita, surgen sueños y recuerdos. Con la certeza de que son las mismas muñecas que todos tenemos arrinconadas en esa sala oscura del estómago.
Imágenes hechas fuera de época y vanguardias. Conducidas por la tentación que ha perdido las coordenadas, tanto del deseo como del miedo.

■ SLANTED TEMPTATION
(28 x 43 cm.)
1995

Little by little, just like Russian dolls, box by box, dreams and memories arise. With the certainty that they are the same dolls we all have in a corner of that dark hall in the stomach.
Images made out of time and avant-gardes. Led by temptation, having lost the coordinates of desire as well as fear.

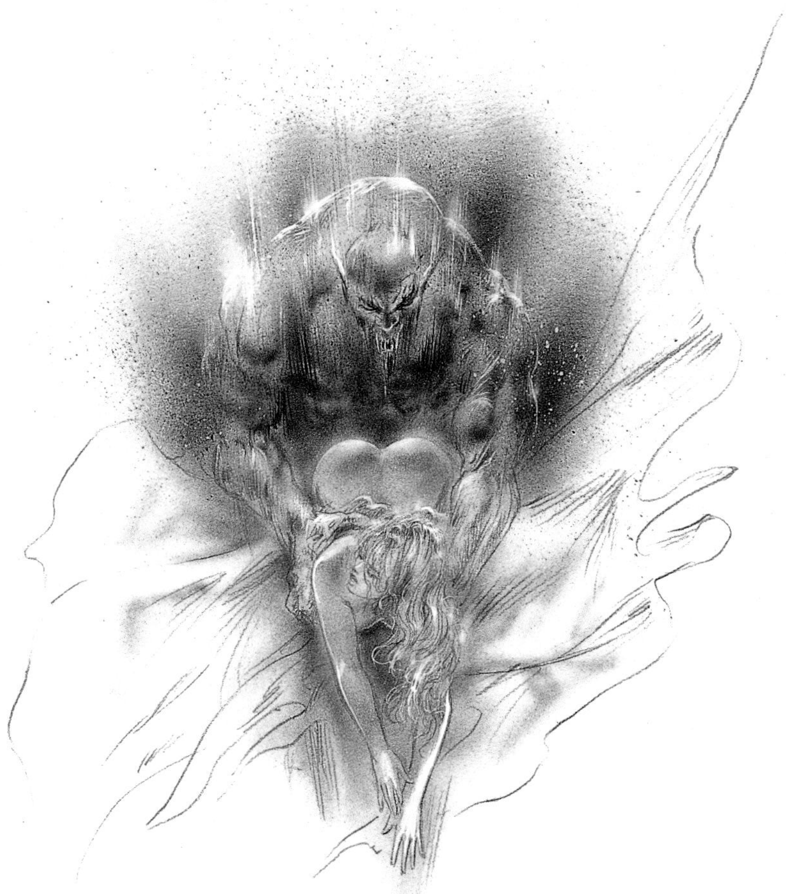

■ LA BÚSQUEDA DE LOS HÉROES PERDIDOS
(32 x 41 cm.)
1994

Capturando el mundo de nuestros años irracionales, aquellos años en los que el Universo gira-ba sin orden y resultaba imposible ver el futuro. Lejos del proyecto del buen y mal gusto. Lejos de los escrúpulos. Rojo al viento de un aire fétido. Semáforo sobre el verde de la putrefacción. Son horas de trabajo en que la consciencia se va perdiendo pincelada a pincelada por entre las hojas y el moho.

■ QUEST OF THE LOST HEROES
(32 x 41 cm.)
1994

Capturing the world of our irrational years, those years when the Universe revolved without order and foreseeing the future was impossible. Far from the project of good and bad taste. Far from misgivings. Red to the wind of fetid air. Streetlights on the green of putrefaction.
It is at these working hours when the conscience, brush by brush, gets lost among the leaves and the mildew.

■ FISURAS DE BRISA
(26 x 39 cm.)
1995

Tránsito de las Siete Puertas. A falta de la última prenda (el último de los Siete Velos), Salomé, la sacerdotisa que se convertirá en diosa.
El rito del eterno retorno. Drama sagrado de la vida, muerte y resurrección del rey de la fertilidad y del viaje rojo que la diosa emprende a los infiernos para devolverle la vida. Sólo entonces acabará el invierno y empezará a despuntar la lujuria.

■ BREEZE FISSURES
(26 x 39 cm.)
1995

Transition of the Seven Doors. Lacking the last garment (the last of the Seven Veils), Salome, the priestess who will become a goddess.
The rite of the eternal return. Sacred drama of life, death and resurrection of the king of fertility, and of the red journey the goddess undertakes to the netherworlds to take him back to life. Only then will the winter end and lust will begin its budding.

■ EL SENDERO DE LOS SUEÑOS
(33 x 52 cm.)
1994

En Avalón, el reino interior de las espesuras y los bosques sombríos. En el país de las Hadas que absorben la vitalidad del Sol para repartirla por la naturaleza. Lolita, desafiando con su fuerza las leyes de la gravedad. La Bella, que cambia la rosa blanca por la espada para dominar a la Bestia. Los sueños viven también en ese lugar ingrávido en el que triunfa el perverso encanto de lo pequeño.

■ THE PATH OF DREAMS
(33 x 52 cm.)
1994

In Avalon, the inside kingdom of thickets and dark woods. In the country of Fairies who absorb the vitality of the Sun to distribute it among nature. Lolita, challenging the gravity law with her strength. Beauty, who changes the white rose for the sword to dominate the Beast.
Dreams also live in that delicate place where the wicked charm of the small triumphs.

■ HIJO DE BAPHONET
(28 x 44,5 cm.)
1995

Como una erección. Saliendo inoportuno de las aguas inagotables. Enigma, tal vez Monstruo. Sin saber distinguir mentira de verdad, o si ambas realmente existen.
Podemos darle el nombre MERROWS de los sirénidos irlandeses. Podemos temerle como los griegos temieron a TÁNATOS. Podemos venerarle como los templarios veneraron a BAPHO-NET.

■ THE SON OF BAPHONET
(28 x 44.5 cm.)
1995

Like an erection. Untimely coming out of inexhaustible waters. Enigma, maybe Monster. Not knowing how to tell between lie and truth, or whether they both really exist.
We can name him MERROWS, like the Irish mermen. We can fear him like the Greeks feared TANATOS. We can worship him like the Templars worshipped BAPHONET.

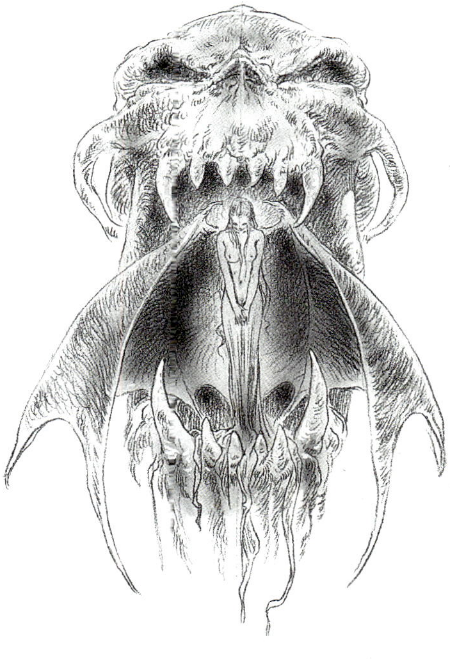

◀ PALABRAS OSCURAS
(48 x 37 cm.)
1995

Las PALABRA-MURCIÉLAGOS transportan volando los relatos de las fuerzas subterráneas, atravesando la región del Popol Vuh de los indios precolombinos (la casa de los murciélagos) para alcanzar el país de la muerte.
Ver o pintar imágenes me lleva a un túnel de vapor que no está en el abecedario.

◀ DARK WORDS
(48 x 37 cm.)
1995

The BAT-WORDS carry the stories of the underground powers, flying across the region of the pre-Colombian Indians' Popol Vuh (the house of bats) to reach the country of death.
Seeing or painting images takes me to a steam tunnel that cannot be found in the alphabet.

■ INMACULADA
(34 x 50 cm.)
1995

Sin mancha.
Es tan triste como tener el tablero en blanco, prefiero tener manchado hasta el pensamiento.
Inmaculada que se mancha con la sangre de sus víctimas. Como la diosa hindú KALI, que derrota ferozmente a los demonios en el mundo árido donde huyen humillados incluso los poderosos dioses.
Es tiempo ya para no bostezar con lo "conceptual". Tiempo para "Inmaculadas Concepciones" con mancha.

■ IMMACULATE
(34 x 50 cm.)
1995

No blemish.
It is as sad as having a white board, I'd rather have even my thoughts stained. Immaculate who stains herself with the blood of her victims. Like the Hindu goddess KALI, who fiercely defeats the demons in the arid world where even the powerful gods flee in humiliation.
It is now time to refrain from yawning with the "conceptual". Time for blemished "Immaculate Conceptions".

■ COMUNIÓN
(29,7 x 41,7 cm.)
1994

He trabajado y picado con cincel cada centímetro de ese vacío de papel. Me he arañado las pupilas con cada uno de los bordes de esa arquitectura, preguntándome algo que he olvidado.
Hace tiempo que he dejado caer del bolsillo lo cotidiano y lo concreto, para dejarme llevar por los más oscuros deseos. Ya no encuentro excusas para disimular.

■ COMMUNION
(29.7 x 41.7 cm.)
1994

I have worked and carved with a chisel every centimeter of that paper void. I have scratched my pupils with each of the borders of that architecture, asking myself something I have forgotten.
It's a long time since I let the daily and the specific drop from my pocket, letting myself be carried away by the darkest desires. I find no more excuses.

■ BAJO VIENTO NEGRO
(25 x 39,5 cm.)
1995

Cuando buceas en el negro, ese viaje largo en el que te vas de ti mismo y en el que nunca tocas tierra, lees, en algún pliegue de la sábana, que el espanto y la lujuria van unidos, que el vértigo escupe semen. La profundidad te conduce a una especie de éxtasis y angustia.
Cada vez abro menos la ventana y me escondo más en los rincones del negro.
En recuerdo a Munch y su cuadro "VAMPIRESA".

■ UNDER BLACK WIND
(25 x 39.5 cm.)
1995

When you dive into the blackness, that long journey where you run away from yourself and where you never touch the earth, you read, in some fold of the sheet, that fear and lust go together, that vertigo spits sperm. The depth leads you to some kind of ecstasy and anxiety.
I open the window less and less and hide even more in the corners of the blackness.
To the memory of Munch and his picture "VAMP".

■ CÁBALA DORADA
(29 x 42 cm.)
1994

Fría humedad en los pantanos, en la piel fría y mojada, en el frío metal. Por otro lado, el calor de los ocres sobre los árboles de los pantanos, sobre la piel y los metales.
Contradicciones circulando por nuestro cuerpo con la rapidez de una flecha.
DIANA, intrusa en la fábula de los TROLLS.

■ GOLDEN CABALA
(29 x 42 cm.)
1994

Cold dampness in the swamps, in the cold and wet skin, in the cold metal. On the other hand, the warmth of the ochers on the trees in the swamps, on the skin and the metals.
Contradictions circulating through our body with the speed of an arrow.
DIANA, intruder in the fable of the TROLLS.

■ LA VOZ DEL ENGAÑO
(22 x 36,5 cm.)
1995

Desde las máscaras del teatro griego. Desde los fotogramas de El Fantasma de la Ópera.
Engañando.
Por la boca de la mentira se puede llegar a la belleza, a una belleza no doméstica, sino que desborde e intimide.

■ THE VOICE OF DECEIT
(22 x 36.5 cm.)
1995

From the Greek theatre masks. From the photograms of The Phantom of the Opera. Deceiving.
Through the mouth of the lie you can reach beauty, a beauty that is not homely, but overflowing and daunting.

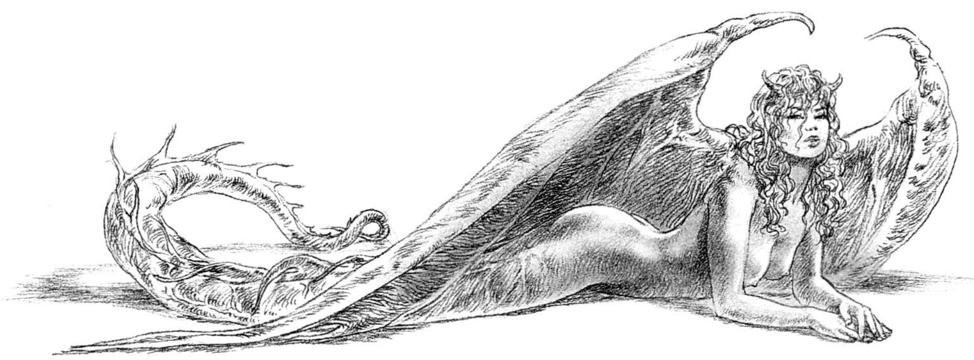

■ DIANA DE BITRÚ
(30 x 50 cm.)
1995

En un lugar donde se asoman y babean las criaturas que guardan a la hija del Diablo. En el balcón donde siempre nos llegan esas imágenes exteriores que parecen insignificantes.
En la perspectiva de lo incierto.
Miss Diana Vaughan, la Palladista hija de BITRÚ, esperando el regalo del demonio ASMODEUS, la cola del León Marcos.

■ DIANA OF BITRU
(30 x 50 cm.)
1995

In a place where the creatures who guard the Devil's daughter look out and dribble. In the balcony where those exterior images that seem insignificant always arrive.
In the perspective of the uncertain.
Miss Diana Vaughan, BITRU's Palladist daughter, waiting for the devil ASMODEUS's present, the tail of Mark the Lion.

■ ESTRELLAS DE CALOR
(32 x 49 cm.)
1995

FREYA se encargaba de mantener la fertilidad y el instinto reproductor entre los vikingos.
Freya, la diosa más bella entre las diosas, líder de las Valquirias, que transportaba a los guerreros muertos al Valhala, la sala donde los elegidos continuaban luchando y haciendo festines hasta que llegara el Ragnarok, momento en que todo sería destruido, hasta los mismos dioses.
Freya, que ofrecía sus favores sexuales a los muertos, incluso a los enanos jorobados del mundo subterráneo.

■ HEAT STARS
(32 x 49 cm.)
1995

FREYA was in charge of keeping up the fertility and the reproducing instinct among the Vikings.
Freya, the most beautiful goddess among the goddesses, leader of the Walkyries, who carried the dead warriors to Valhalla, the hall where the Chosen kept fighting and feasting until the arrival of Ragnarok, the moment when everything would be destroyed, even the gods.
Freya, who offered her sexual graces to the dead, including the humpbacked dwarfs of the underground world.

■ ÚLTIMA ESPADA DE PODER
(29,7 x 42 cm.)
1995

Leyendas circulares e inacabables que se pierden en el tiempo. Allí, los héroes, los druidas y las doncellas sufrían continuos enfrentamientos con los dueños de la noche.
De niño, resultaba muy fácil encontrar el camino que conduce a la noche de los tiempos. Bastaba con cerrar los ojos y ponerse a soñar.

■ LAST SWORD OF POWER
(29.7 x 42 cm.)
1995

Circular and endless legends that get lost in time. There, heroes, druids and maidens suffered continuous confrontations with the masters of the night.
As a kid, it was very easy to find the way that leads into the night of time. All I needed was to close my eyes and start dreaming.

◀ HILOS DE ANHELO
(48 x 32 cm.)
1995

Las luciérnagas flotan sobre la superficie del agua e iluminan el anhelo que corre por los hilos de los dedos como una descarga eléctrica.
La Dama del Lago esperando la vuelta de la espada fálica de Excalibur.

◀ THREADS OF DESIRE
(48 x 32 cm.)
1995

The fireflies float on the water surface and light the desire which runs along the finger threads like an electrical discharge.
The Lady of the Lake waiting for the return of the phallic sword of Excalibur.

■ LA CAPILLA DE SOMBRA
(43 x 52 cm.)
1995

Ella, como un gusano fabricando su capullo de seda, él, como una araña tejiendo la trampa alrededor de su presa.
Yo, agarrado siempre a un papel en blanco, envuelto entre pinceles y tubos de pintura, con miedo a levantar la vista y alejarla del tablero de dibujo. Puede rebotar por las paredes y herirme, o perderse entre las preguntas.

■ THE SHADOW CHAPEL
(43 x 52 cm.)
1995

She, like a worm making its silk cocoon, he, like a spider weaving the trap around its prey.
I, always clutching a blank piece of paper, surrounded by brushes and paint tubes, afraid to look up and away from the drawing board. My sight can rebound against the walls and hurt me, or it can get lost among the questions.

■ DIAGONAL DE SUEÑO
(26 x 42 cm.)
1995

La eterna relación entre la mujer, la serpiente, la Luna y el agua. Jeroglífico sin más palabras.

■ DREAM DIAGONAL
(26 x 42 cm.)
1995

The eternal relationship between woman, snake, the Moon and water. Hieroglyphics with no other words.

■ ESTELA EN ROJO
(28 x 46 cm.)
1993

Destrozar las proporciones y los cánones de la anatomía. Destrozar la línea en favor del movimiento. Destrozar los límites de la resistencia humana. Destrozar la moralina con que nos asfixian estos últimos años. Destrozar la distancia entre el personaje y el espectador. Destrozar al mismo espectador.

■ RED TRAIL
(28 x 46 cm.)
1993

To destroy the proportions and the canons of anatomy. To destroy line in favor of movement. To destroy the limits of human endurance. To destroy the moral with which we have been smothered in the last years. To destroy the distance between character and audience. To destroy the audience itself.

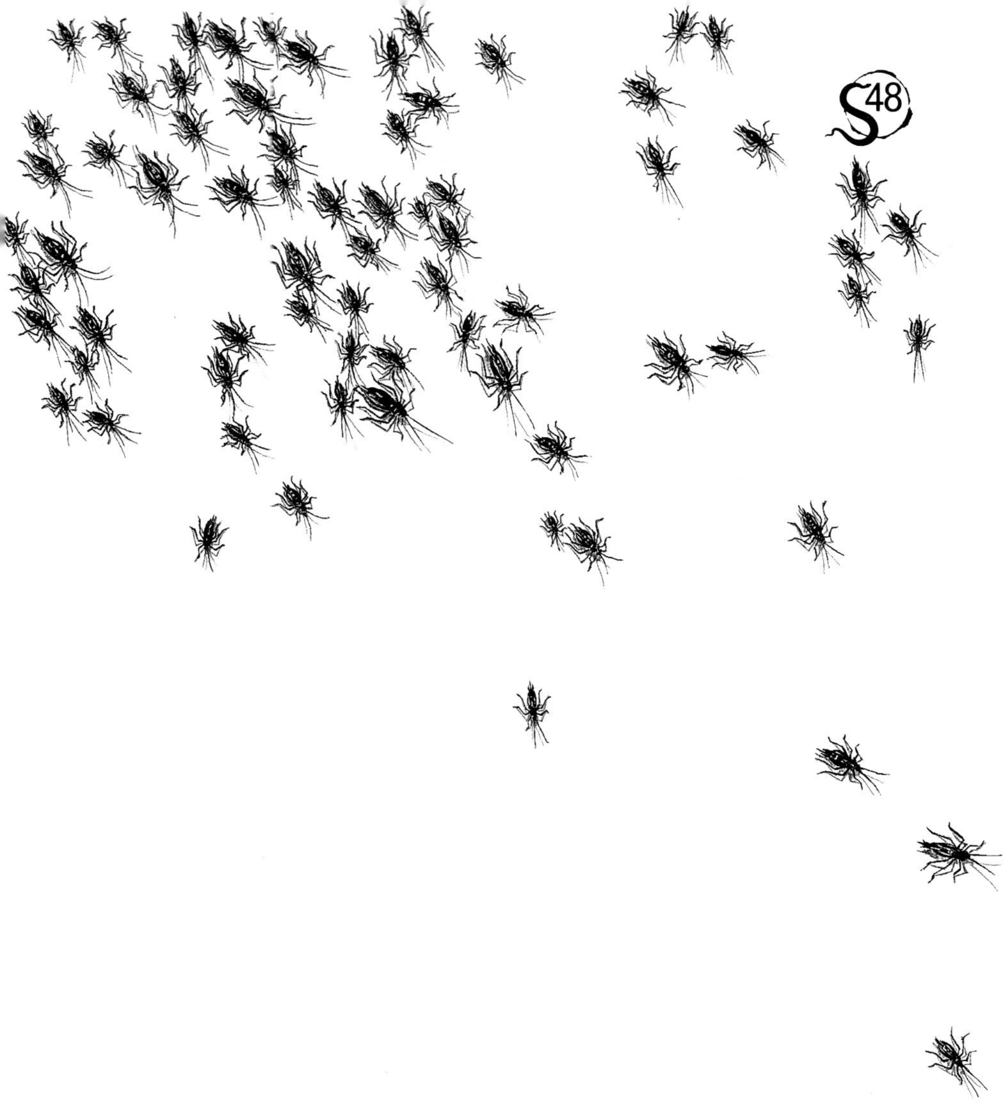

■ PEREGRINACIÓN
(33 x 47 cm.)
1994

Para algunos pueblos americanos, los insectos son las almas de los fallecidos que regresan a visitar la Tierra.
En el trono, la diosa griega HÉCATE, que desciende directamente, de la generación de los Titanes. La Diosa Negra del cielo y de la noche, portadora de plagas y de la muerte repentina. Presidiendo la Magia y los Hechizos con una antorcha en la mano, ligada al mundo de las sombras. En el centro de la encrucijada. La inventora de la Hechicería.

■ PILGRIMAGE
(33 x 47 cm.)
1994

Some American people believe insects are the souls of the dead who come back to visit the Earth.
On her throne sits the Greek goddess HECATE, who descends directly from the generation of the Titans. She is the Black Goddess of the sky and the night, bearer of plagues and sudden death. Presiding over Magic and Spells with a torch in her hand, bound to the world of shadows. In the center of the dilemma. The creator of witchcraft.

■ MULTIPLICADO POR HIELO
(28 x 43 cm.)
1995

Los viajes a la calle me hacen ver un mundo extraño. Está todo dibujado sobre papel cuadriculado, cada paso es un esfuerzo. Miles de cosas se ponen en funcionamiento para conseguir una estupidez así. Las miradas no llegan, impedidas por millones de cataratas.
En estos viajes echo en falta el verdadero papel de dos dimensiones, donde una mirada que no existe te puede llevar de viaje donde la cuadrícula se pierde por los márgenes.

■ MULTIPLIED BY ICE
(28 x 43 cm.)
1995

My journeys to the street make me see a strange world. It is all drawn on squared paper, every step is an effort. Thousands of things start working to achieve such nonsense. Looks don't arrive, hindered by millions of waterfalls.
In these journeys, I miss the true two dimensional paper, where a non-existing look can take you on a journey where the quadrille is lost in the margins.

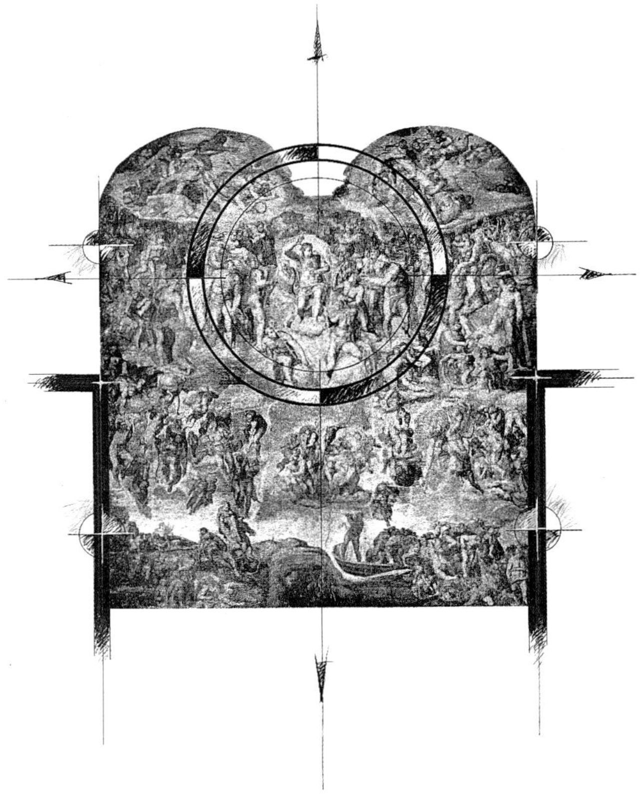

■ VENTANA A BUONARROTI
(35 x 57 cm.)
1994

Dante se sirve de la palabra para pintar. En "La Divina comedia" nos aterroriza con su descripción de Dite, la ciudad infernal: rojos pináculos, conos de hierro calentados al rojo, alumbrando con siniestros fulgores las tristes sombras de aquella soledad inmensa; ¡tan vívida, tan distinta y visible de una vez para siempre!
Miguel Ángel escribe con su pintura. En "El juicio final" nos sobrecoge la fuerza rotatoria de la composición, la tensión de la imagen de Cristo, el contrapunto de la dulzura de la Virgen, su infierno basado en Dante.
Dante y Miguel Ángel, comunicación entre literatura y pintura. Dos pilares (como los del Templo de Salomón) para ir a otro siglo.

■ WINDOW TOWARDS BUONARROTI
(35 x 57 cm.)
1994

Dante uses the word to paint. In the "Divine Comedy", he terrifies us with his description of Dite, the infernal city: red pinnacles, red-hot iron cones, illuminating with sinister brightness the sad shadows of that huge loneliness; so vivid, different and visible once and for all!
Michelangelo writes with his art. In "The Final Judgement" we are awed by the rotating power of the composition, the strain in the image of Christ, the counterpoint of the sweetness of the Virgin, his hell based on Dante.
Dante and Michelangelo, communication between literature and art. Two pillars (like those of the Temple of Salomon) to enter another century.

POWER

■ EL REY FANTASMA
(30 x 43 cm.)
1995

Es el momento de hacer un descanso incluso en la paleta de colores, dejar de un lado las pasiones y los ritos que nos han cegado con su oscuridad.
Con el aire limpio y frío de las montañas, vamos a perdernos por unos instantes en un cuento suave y blanco de amor juvenil.

■ GHOST KING
(30 x 43 cm.)
1995

It's time to take a break, even from the color palette, to leave aside the passion and rites that have blinded us with their darkness.
With the clean and cold mountain air, let's lose ourselves for a moment in a soft and white story of youthful love.

■ REFLEJOS SECRETOS
(36 x 50 cm.)
1996

El engaño del espejo. Es un diálogo secreto como el que mantenemos tú y yo a lo largo del libro. Es la mentira que nos hace soñar.
El reflejo es una constante en todas las mitologías que estamos recordando y en las pinturas de casi todos los tiempos. Ésa es la razón por la que elegí esta imagen como portada.

■ SECRET REFLECTIONS
(36 x 50 cm.)
1996

The mirror's deceit. It's a secret dialogue like the one you and I maintain along this book. It's the lie that makes us dream.
The reflection is a constant feature in all the mythologies we are now recalling and in the paintings of almost all times. That is the reason why I chose this image for the cover.

■ VUELOS NEGROS
(28 x 43 cm.)
1995

Siempre en contra del viento y de la luz. La silueta sinuosa en la noche rasga las barreras y el viento.
Dedicado al mundo del cómic. Junto con todas las leyendas, el cómic es otra fuente inagotable de dioses y héroes.

■ BLACK FLIGHTS
(28 x 43 cm.)
1995

Always against the wind and the light. The sinuous figure in the night tears the barriers and the wind.
Dedicated to the comic world. Along with the legend, the comic is another inexhaustible source of gods and heroes.

■ LA MANO TRES CÍRCULOS
(30 x 48 cm.)
1995

HADES, el rey de los submundos, el dios de faz oscura, cubierto de sombras, que nunca, o casi nunca, se muestra a sí mismo.
Se enamoró de PERSÉFONE en el mismo momento en que la vio y, utilizando sus poderes divinos, hizo que la tierra se abriera cerca de donde se encontraba ella. Hades salió, tomó a la sorprendida Perséfone y la llevó a las profundidades de su lóbrego reino. Todos los años, Perséfone burla la vigilancia de Hades y regresa a la Tierra. Entonces da comienzo la primavera.

■ THE HAND OF THREE CIRCLES
(30 x 48 cm.)
1995

HADES, the king of the underworlds, the dark faced god, covered in shadows, who never, or hardly ever, shows himself.
He fell in love with PERSEPHONE the moment he saw her and, using his divine power, opened the earth close to where she was. Hades came out, seized the surprised Persephone and took her to the depths of his gloomy kingdom. Every year, Persephone gets past Hades's watchful eye and goes back to Earth. Spring starts then.

■ LAS HOJAS DE LA ACACIA
(21 x 32 cm.)
1995

Ingredientes:
El árbol del verdor renovado y persistente en medio de las arenas desérticas. Símbolo de la inmortalidad del alma. Árbol sagrado de los egipcios. En Asia, el árbol que va unido al norte y al invierno.
Las hojas protegen y alimentan. Atrapan los rayos del sol y los convierten en energía. Para los chinos, la hoja es uno de los ocho emblemas de la felicidad y la prosperidad.
El manto, según los celtas símbolo de la metamorfosis, la dignidad que aísla al sabio de la generalidad. La separación existente entre la persona y el mundo.

■ THE ACACIA LEAVES
(21 x 32 cm.)
1995

Ingredients:
The tree of renewed and persistent greenness in the middle of the desert sands. Symbol of the immortality of the soul. The sacred tree of the Egyptians. In Asia, the tree is linked to the north and winter.
The leaves protect and nourish. They catch the sunbeams and transform them into energy. To the Chinese, the leaf is one of the eight emblems of happiness and prosperity.
The cloak, symbol of metamorphosis according to the Celts, is the dignity that isolates the sage from generality. The existing separation between the person and the world.

■ UN MILLÓN DE LÁGRIMAS
(28,5 x 41 cm.)
1994

La prehistórica diosa Madre también se representaba como diosa Buho, con cabeza de pájaro y cuerpo de mujer. La parte de pájaro simbolizaba el vuelo del alma después de la muerte y su regreso para reencarnarse en otro cuerpo.
Como fondo, la forma circular del vientre de la Diosa. El Caldero de la Regeneración de los celtas, del que emanaban los vapores del sacrificio de la sangre, que al hervir eran embriagadores.

■ A MILLION TEARS
(28.5 x 41 cm.)
1994

The prehistoric Mother goddess was also represented as an Owl goddess, with the head of a bird and the body of a woman. Her bird side symbolized the flight of the soul after death and its return to become reincarnated in another body.
In the background, the circular shape of the Goddess's belly. The Celtic Cauldron of Regeneration, from which arose the vapors of the blood sacrifice, which, on boiling, became intoxicating.

■ VAPORES DE OLVIDO
(32 x 52 cm.)
1994

En recuerdo a las cuevas vascas de Zugarramurdi, donde las grietas dibujan aquelarres. Están situadas en un hermoso paraje, rodeadas de una vegetación densa y verde.
Con el verde del reino vegetal. El verde que en la alquimia va unido al Fuego Secreto. El fuego verde con el que se funde el plomo y se obtiene el oro de los filósofos. El fuego verde que transforma al monstruo en un espíritu luminoso. Cristal translúcido.

■ OBLIVIOUS VAPORS
(32 x 52 cm.)
1994

In remembrance of the Basque caves of Zugarramundi, where the crevices draw witches' sabbaths. They are located in a beautiful spot, surrounded by green and lush vegetation.
With the green of the kingdom of plants. The green that in alchemy is linked to the Secret Fire. The green fire with which lead is molten and philosophers obtain gold. The green fire that transforms the monster into a bright spirit. Translucent crystal.

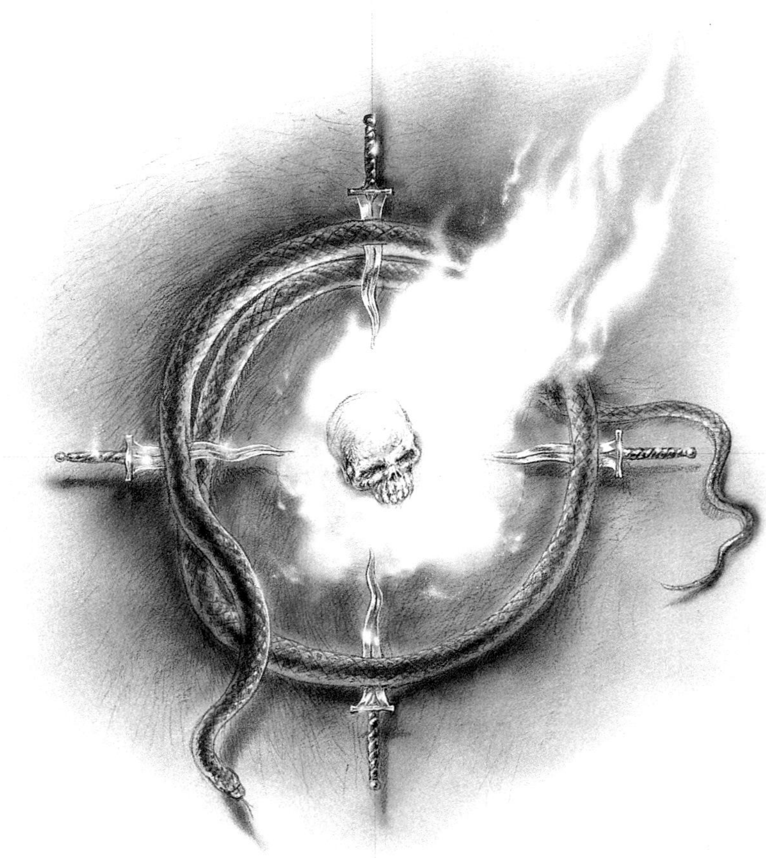

Royo

◀ LA SEÑAL FURTIVA
(48 x 37 cm.)
1994

Creo que todos estamos convencidos de que es mejor llegar a las cosas dando un rodeo que siguiendo en línea recta. Hay más placeres en el camino que en la meta. El ritual resulta siempre más excitante que el acto.

Me sería muy difícil explicarte ésta u otra pintura de una manera directa. Rodéala, siguiendo un laberinto de columnas de cera, cada paso como una pequeña luz, como si fuera La Columnata de Bernini.

Y ten cuidado, no te sofoques en los pliegues de... mejor interrumpir.

◀ THE FURTIVE SIGN
(48 x 37 cm.)
1994

I believe we are all convinced that it is better to reach things following a roundabout way rather than a straight line. There are more pleasures on the path than in the finish line. The ritual is always more exciting than the act.

I would find it very difficult to tell you about this or any other painting in a direct way. Go around it, following a labyrinth of wax columns, every step like a small light, as in the Colonnade of Bernini. And be careful, don't choke in the creases of...I had better interrupt.

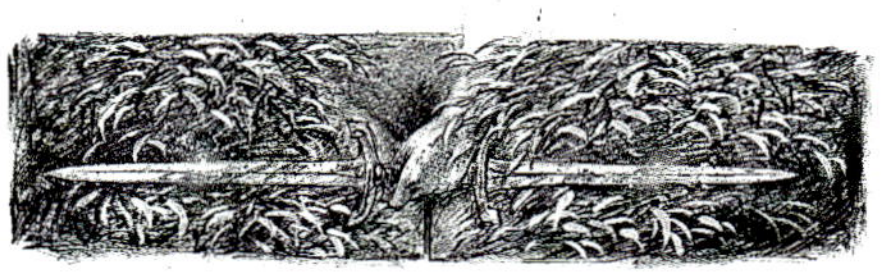

■ EL CORAZÓN DE LA BALANZA
(29 x 44 cm.)
1994

Lo ves y no lo ves. Abriendo las puertas de lo evidente y cerrando lo accesorio. La luz y la oscuridad.

Con la balanza de los dos extremos.

Sexo-Muerte.

■ THE HEART OF THE SCALES
(29 x 44 cm.)
1994

You see it and you don't. Opening the doors of the obvious and closing the accessory. Light and darkness.

With the two-ended scales.

Sex-Death.

■ MIEL DE SOMBRAS
(42 x 64 cm.)
1994

En cada grieta hay un espacio de tiempo representado, tiempo material de trabajo, de esfuerzo (y no es broma).
Un tiempo de espera que va dibujando en el cerebro la escena paso a paso, como rueda por el suelo cada trozo de metal que transforma a un fiero guerrero en un cuerpo femenino, capaz de seducir incluso a las bestias.

■ SHADOW HONEY
(42 x 64 cm.)
1994

In every crack a time space is represented, effort and work material time (and I'm not joking).
A waiting time that draws the scene in the brain step by step, just like, rolling on the ground, we find every metal piece that will transform a fierce warrior into a feminine body, capable of seducing even the beasts.

■ ECO DE LUNA
(26 x 41 cm.)
1994

Nacimiento de Botticelli.
Desde rincones de luz únicamente de luna, la hija de URANO, que carece del principio materno, no tiene por qué llegar sobre una concha a la playa gracias al vaivén de las olas. Sino que puede nacer del oscuro centro de la tierra y con los vientos de la sensualidad en vez de los de CÉFIRO Y CHLORIS. Allí, FLORA ya no tiene lugar y su manto de flores no cubrirá el frío del azul.
Para acabar, un nacimiento.

■ MOON ECHO
(26 x 41 cm.)
1994

Birth of Botticelli.
From havens of moonlight alone, URANUS's daughter, who lacks the maternal beginning, doesn't need to arrive on a beach shell thanks to the sway of the waves. She can be born from the dark center of the earth and with the winds of sensuality instead of ZEPHYRUS and CHLORIS. FLORA has no place there, and her cloak of flowers shall not cover the coldness of the blue.
A birth to end with.

BIOGRAFÍA

Luis Royo nace en Cutanda, Teruel (España) en 1954. Estudia pintura, decoración y delineación. Al mismo tiempo, trabaja en varios estudios de decoración de 1970 a 1979. De 1972 a 1976, más centrado en la pintura de gran formato, participa en varias exposiciones de pintura colectivas y durante 1977 realiza exposiciones individuales en diferentes ciudades. En 1978, se inclina por el cómic y comienza a publicar historietas a partir de 1981 en revistas como "1984", Comic International, Rambla y, ocasionalmente, El Víbora y Heavy Metal. A partir de 1983, con Norma Editorial, se entrega a la ilustración, saliendo por vez primera del ámbito nacional y publicando en todo el mundo.

Actualmente, sus trabajos se pueden ver en portadas de libros de editoriales como Tor, Berkley, Avon, Warner, Bantam, Zebra, Nal o Pocket. También aparecen en portadas de revistas como Heavy Metal, Cimoc, Penthouse, Comic Art, Ere Comprimee, Total Metal, etc. Sus ilustraciones se pueden encontrar en calendarios, posters, reportajes de sus ilustraciones, trading cards, portafolios, libros recopilatorios, etc. de editoriales como Penthouse, Air Brush-Action, Comic Images, Heavy Metal, D.C.Comic, Fleer Ultra X-Men o Norma Editorial.

BIOGRAPHY

Luis Royo was born in Cutanda, Teruel (Spain) in 1954. When he became of age, he studied drawing, art and design. During the seventies, he worked in several design studios, while focussing on his painting. He took part in various joint exhibitions and his work was shown in individual exhibitions in different cities in Spain.

His interests expanded into comics and by the early eighties he was published internationally in such magazines as "1984", Comic International, Rambla, and, occasionally, El Víbora and Heavy Metal.

In 1983 he began a longstanding relationship with Norma Editorial and devoted himself to illustration: quickly becoming a predominant force in the fantasy and sf fields.

Nowadays, Royo's work can be seen all over the world, having been published by such notable companies as Tor, Berkley, Avon, Warner, Bantam, Zebra, NAL, Pocket Books, and magazines such as Heavy Metal, Cimoc and Penthouse to name but a few.

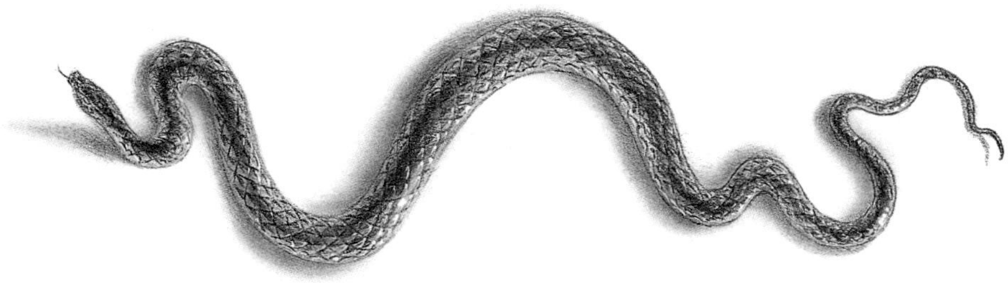

BIBLIOGRAFÍA

- CIRCULUS-SATAKA
  (Álbum de cómic)
  García & Bea editores
- DESFASE
  (Álbum de cómic experimental)
  Ikusager Ediciones
- FROM FANTASY TO REALITY
  (Colección de trading cards)
  Comic Images
- FORBIDDEN UNIVERSE
  (Colección de trading cards)
  Comic Images
- THE BEST OF ROYO
  (Colección de trading cards)
  Comic Images
- WOMEN
  (Libro de ilustraciones recopilatorio)
  Norma Editorial, Soleil Productions, Edition Comic Forum
- MALEFIC
  (Libro de ilustraciones)
  Norma Editorial, Soleil Productions, Könemann
- WARM WINDS
  (Portafolio de ilustraciones)
  Norma Editorial, Heavy Metal
- SECRETS
  (Libro de ilustraciones)
  Norma Editorial

BIBLIOGRAPHY

- CIRCULUS-SATAKA
  (Comic Album)
  García & Bea editores
- DESFASE
  (Experimental comic album)
  Ikusager Ediciones
- FROM FANTASY TO REALITY
  (Trading card collection)
  Comic Images
- FORBIDDEN UNIVERSE
  (Trading card collection)
  Comic Images
- THE BEST OF ROYO
  (Trading card collection)
  Comic Images
- WOMEN
  (Art book)
  Norma Editorial, Soleil Productions, Edition Comic Forum
- MALEFIC
  (Art book)
  Norma Editorial, Soleil Productions, Könemann
- WARM WINDS
  (Illustration portfolio)
  Norma Editorial, Heavy Metal
- SECRETS
  (Art book)
  Norma EditoriaL